DIE WOLKENFABRIK

TEXT: Stephanie Büscher
ILLUSTRATION: Anika Voigt

„Heute machen wir einen Ausflug
ins Grüne", sagt Mama. „Ich will mit euch
mal raus aus der Stadt."

Also steigen Papa, Frida und Mama zur Abwechslung ins Auto und fahren los – ab in die Natur. „Hauptsache, mal Land, Luft und eine endlose Wiese, auf der man ganz weit gucken kann", sagt Mama.

Sie fahren eine Weile im Auto
und als sie ankommen, breitet Papa
eine riesige Decke auf der Wiese aus.
Sie haben einen Picknickkorb dabei, ein Federballset und ein Kartenspiel.
Erst spielen Mama und Frida Federball, dann spielen alle zu dritt Karten
und danach essen sie. Als sie fertig sind, geht Mama eine Runde spazieren
und Papa und Frida bleiben auf der Decke liegen.
Frida fragt: „Sag mal, Papa, weißt du eigentlich, wo die Wolken
herkommen?" Doch Papa schnarcht ganz leise. Er ist eingeschlafen.

Nach fünf Minuten ist zum Glück auch Mama wieder da und Frida muss sich nur kurz langweilen. Sie packen ihre Sachen ein und machen sich auf den Weg nach Hause. „Das war ein schöner Ausflug", sagt Papa. „Ein Nickerchen im Freien habe ich lange nicht mehr gemacht." Ein lautes Nickerchen, denkt Frida. Und kann nicht aufhören, sich zu fragen, wo denn nun die Wolken herkommen.

Da sieht Frida sie plötzlich. „MAMA", ruft Frida, als sie auf der Landstraße nach Hause fahren. „GUCK MAL, EINE WOLKENFABRIK!"
Frida ist ganz aufgeregt. Eine Wolkenfabrik hat sie noch nie gesehen.
„Frida, das ist keine Wolkenfabrik, das ist ein Kraftwerk.
Da wird Strom gemacht", sagt Mama.
„Strom UND Wolken", betont Frida und will nicht hören, dass es keine Wolkenfabrik ist. Das sieht man doch eindeutig! Aus dem hohen Turm steigt eine Wolkensäule auf. Und sobald die weit genug entfernt ist, teilt sich die Wolkenmasse in kleinere einzelne Wölkchen auf. Toll sieht das aus!
„Mama, können wir die Wolkenfabrik mal besuchen?", fragt Frida.

„Oh, ich denke schon,
da müsste ich mal mit dem Handy googeln",
sagt Mama. Im Internet hat das Kraftwerk eine Seite,
auf der man die Besuchszeiten nachsehen kann.
„Am Samstag gibt es eine Führung extra für Kinder", sagt Mama.
„Das können wir uns mal genauer ansehen."
Frida lacht und freut sich. So lange dauert es nicht mehr bis Samstag.
„Noch einmal schlafen", sagt Mama. Bis dahin kann Frida von Wolken träumen.

ABCDEF
GHIJKL
MNOPQR
STUVWX
YZ

Am Samstag ist Frida schon ganz früh wach.
Gestern Abend hat Papa mit Frida noch gemalt.
Wolkenschafe, Wolkenhäschen, Wolkenfische,
ja sogar ein Wolkeneinhorn hat Frida gemalt.
Wolken können zum Glück jede Form annehmen –
auch die von Fabelwesen.
Wenn sie zur Wolkenfabrik fahren, dann
will Frida fragen, ob man Wolken sagen kann,
welche Formen sie annehmen sollen.
Papa, Mama und Frida haben zusammen
Fragen aufgeschrieben:

Während Mama noch den Rucksack packt, läuft Frida schon raus. „ICH WARTE VOR DER TÜR UND SEH MIR DIE WOLKEN AN", ruft sie. Frida reißt die Haustür auf und schaut zum Himmel. Überall sind Wolken, eine toller als die nächste.

Frida sieht: ein Herz, ein Krokodil,
einen Drachen wie beim Drachensteigen,
eine Glühbirne, ein Stück Sahnetorte.
Und eine Scheibe Brot sieht sie auch.
„So, Frida, jetzt geht's gleich los!", sagt Papa.
Sie steigen alle ins Auto ein und fahren
zur Wolkenfabrik.

Am Eingang müssen Mama und Papa ein bisschen Geld bezahlen. Vor dem Kraftwerk warten schon andere Eltern mit ihren Kindern. Ein paar wenige sind noch kleine Babys. Ob die schon wissen, dass Wolken „Wolken" heißen?, fragt sich Frida. Die Frau, die ihnen die Wolkenfabrik zeigen soll, sieht selbst ein bisschen aus wie eine Wolke.

„Mein Name ist Frau Watteberg und ich führe euch heute bis zum Wolkenturm", sagt die nette Dame.

Die Führung geht in einer riesigen Halle los. Durch einige Gänge gelangen sie zu einem Raum mit vielen Bildschirmen, blinkenden Lichtern und Anzeigetafeln.
„Das ist der Kontrollraum, da schauen die Techniker, dass auch alles in Ordnung ist, hier in der Wolkenfabrik", erklärt Frau Watteberg. Frida macht große Augen. „Hör mal, Mama, was die Frau gesagt hat! Sie hat auch Wolkenfabrik gesagt. Nicht Kraftwerk!"
„Ja, das ist richtig, kleine Dame", erwidert Frau Watteberg.
„Ich finde, Wolkenfabrik klingt viel besser als Kraftwerk. Du nicht auch?" Sie schmunzelt und Frida strahlt über das ganze Gesicht.
„In dieser Wolkenfabrik arbeiten wir Tag und Nacht, 24 Stunden. Dafür kommen Techniker in drei Schichten: morgens, nachmittags und spätabends bis in die Nacht", erklärt Frau Watteberg.

Nachdem sie eine Weile die Techniker beobachtet haben, läuft die ganze Gruppe im Gänsemarsch hinter Frau Watteberg her. Vor einer weiteren großen Halle halten sie an und Frau Watteberg gibt allen Ohrschutz-Kopfhörer, an denen vorne ein Mikrofon befestigt ist. Wie ein Helikopterpilot sieht man damit aus.
„Das sind Turbinen, die wir hier im Kraftwerk benutzen, um Strom zu erzeugen", erklärt Frau Watteberg, als sie in der Halle sind. Den Lärm, den die Turbinen machen, kann Frida trotz der Kopfhörer dumpf hören.
Frau Watteberg geht zu einer Tür, die in der Mitte ein großes Rad aus Metall hat. Sie dreht an dem Rad – erst langsam und mit Mühe, dann schnell und leicht. Als die Tür aufgeht, steigt sie hindurch. Frida und alle anderen folgen ihr.

Als Frida durch die Tür steigt,
kann sie es kaum glauben:
Sie stehen endlich ganz unten
im Wolkenturm. Hier entsteht
die Wolkensäule, die man sieht,
wenn man an der Wolkenfabrik
vorbeifährt.
„HIER KOMMEN DIE WOLKEN
HER, MAMA, SIEHST DU?",
ruft Frida.

HIER KOMMEN
DIE WOLKEN HER,
MAMA!

„Ja, Frida, da hast du recht gehabt", sagt Mama. Alle können die beiden über die Kopfhörer hören und schauen zu ihnen rüber. „Aber das ist sicher nicht der einzige Ort, an dem Wolken gemacht werden. Ich wette, die kommen auch noch woanders her", ergänzt sie und lächelt.
Frida strahlt. Ihr ist es gerade erst mal egal, wo Wolken noch so herkommen. Hier entstehen sie auf jeden Fall. Jetzt gerade in diesem Moment, während sie dabei ist und zusieht.
Plötzlich fällt Frida wieder ihr Zettel mit den Fragen ein. Sie holt ihn bei Papa ab und zeigt ihn Frau Watteberg. Die lächelt und drückt einen Knopf an ihrem Kopfhörer.
Auf einmal kann man nur noch Frau Wattebergs Stimme hören. Alle anderen sind ausgeschaltet.
„Darf ich Sie bitten, mir in die Vorhalle zu folgen?"
In der Vorhalle angekommen, setzt Frida sich ganz nach vorne in die erste Reihe vor dem Rednerpult. Als alle ihren Platz gefunden haben, beginnt Frau Watteberg zu erzählen: „Wisst ihr, liebe Kinder, Kraftwerke machen nicht nur Wolken, sie machen auch Strom, damit ihr zu Hause das Licht anmachen könnt, wenn es dunkel ist.

Oder damit eure Eltern das Handy aufladen können, damit der Herd funktioniert, der Toaster und die Waschmaschine", sagt Frau Watteberg.
„Auch wenn das hier ein Kraftwerk ist, in dem wir auch Müll verbrennen, so sind Kraftwerke heute einfach nicht mehr der beste Weg, um Strom und Wolken zu machen", fährt sie fort.

Wie funktioniert ein Kohlekraftwerk?

1 KOHLE
2 KOHLEMÜHLE
3 BRENNRAUM / DAMPFERZEUGUNG
4 KALTWASSERZULAUF
5 WASSERDAMPFLEITUNG
6 DAMPFTURBINE
7 KONDENSATOR
8 GENERATOR
9 HOCHSPANNUNGSLEITUNG UND STROMMASTEN
10 TRANSFORMATOR
11 VERBRAUCHER
12 ZULEITUNG KÜHLTURM
13 ABLEITUNG KÜHLTURM
14 KÜHLTURM
15 EMISSIONSÜBERWACHUNG / GIPSSILO

„Es gibt ganz viele andere Wege, wie wir mittlerweile Strom erzeugen können, ohne dass dabei CO_2 – also schlechte Luft – entsteht. Zum Beispiel durch riesige Windräder, durch Wasserkraftwerke, bei denen große Turbinen die Energie des Meeres nutzen, um sich zu bewegen und dadurch Strom zu erzeugen. Ach, und es gibt noch so viele andere Wege, wie wir Strom produzieren können, ohne dass dafür Bäume, Braunkohle oder auch Atomenergie genutzt werden muss. Für die Umwelt und für den Klimaschutz ist es viel besser, wenn wir diese anderen Arten, Strom zu machen, nutzen. Kraftwerke und Wolkenfabriken brauchen wir dann in Zukunft nicht mehr. Die werden dann abgeschaltet."

„ABER FRAU WATTEBERG", ruft Frida mit ein wenig Verzweiflung in ihrem Stimmchen. „Dann macht die Wolkenfabrik ja gar keine Wolken mehr, wenn sie abgeschaltet wird." Frida findet das furchtbar. Sie hat doch die Wolkenfabrik gerade erst entdeckt. Und wo sollen denn die ganzen Wolken entstehen, wenn sie nicht mehr hier produziert werden?

Sie sieht Mama mit großen Augen an: „Mama, wo kommen denn dann die Wolken her?" „Mein Schatz, hey, das ist doch gar nicht schlimm", sagt Mama. „Ich seh, wie verzweifelt du bist, aber das ist doch gar nicht nötig. Wolken gibt es schon so lange, wie es die Erde gibt. Es gab sogar eine Zeit, da gab es noch überhaupt keine Wolkenfabriken und trotzdem waren Wolken da", erklärt Mama. „Stimmt das nicht, Frau Watteberg?", ergänzt sie und lächelt Frida aufmunternd zu. Dann nimmt sie ihre Tochter auf den Schoß und beide hören Frau Watteberg wieder zu.

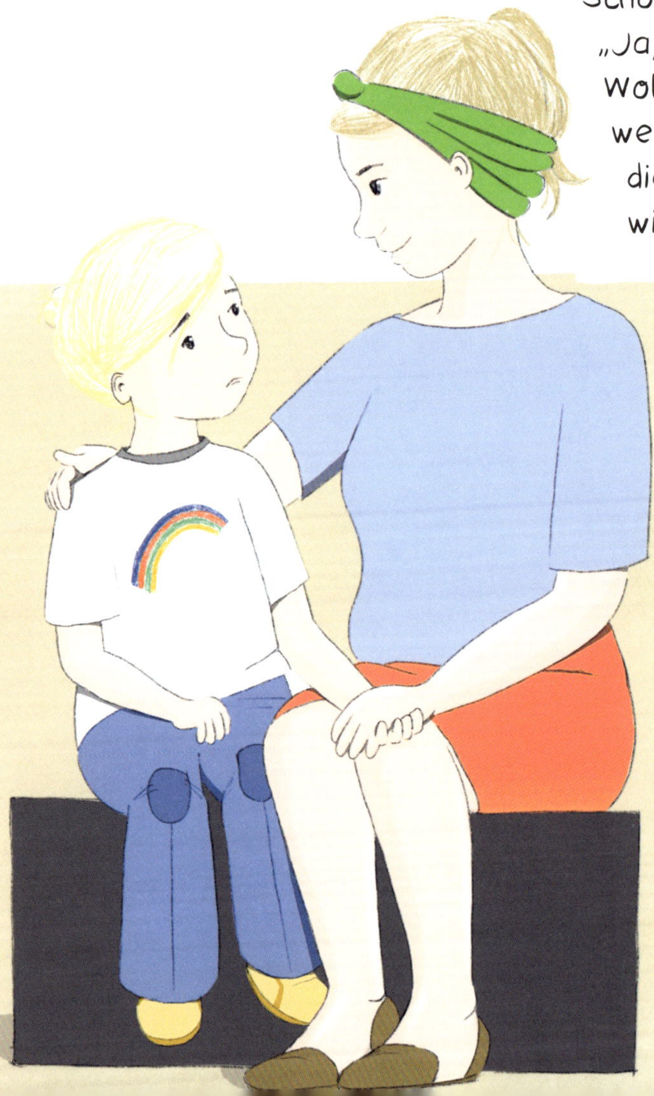

„Ja, danke, das stimmt natürlich. Es gibt keinen Grund zur Sorge, Wolken sind wirklich so alt wie die Welt. Die Wolken entstehen, weil in der Luft sogenannte Aerosole sind. Das sind kleine Teilchen, die dafür sorgen, dass die Luft, je nachdem wie kalt sie ist und wie viele davon so in der Luft schweben, Wolken bildet.

Ihr kennt das doch sicher, dass Rauch aufsteigt, wenn man draußen grillt oder wenn man ein Lagerfeuer macht. Auch wenn wir Menschen ausatmen oder wenn Murmeltiere pupsen, dann steigen Teilchen in die Luft auf. Und aus all dem Dreck und den Teilchen – daraus können dann Wolken entstehen."

Jetzt lacht die ganze Vorhalle mit allen Kindern, die darin sind. „Wolken bestehen aus Murmeltierfurz, hast du gehört, Papa?", lacht ein Junge.

„PUPS, PUPS, PUPS, UUUHPS, PUPS, PUPS", fängt Frida an zu singen. Pupsen kann sie auch. Und das macht sie jetzt richtig froh. Für einen Moment lacht sie noch, dann kommt ihr ein Gedanke und ihr Mund bleibt offen stehen: „FRAU WATTEBERG, FRAU WATTEBERG", ruft sie in den Raum. „Dann bin ich selbst ja auch eine Wolkenfabrik!" Da lachen alle Kinder wieder.
„ICH AUCH", schreit ein kleiner Junge und beginnt, Achselfürze zu machen.
„ICH AUCH", quiekt ein kleines Mädchen vor Freude.
Selbst ein Teenager, der bis gerade gelangweilt in der Ecke an einer Wand gelehnt und auf seine Füße geguckt hat, lacht jetzt.
„Nice, cloudbasierte fart-factory", sagt er und holt sein Handy raus, um das bei Instagram zu posten. Als sich alle ein wenig beruhigt haben und es stiller wird, fragt Frau Watteberg, ob die Kinder noch eine Geschichte hören wollen.
Sie erzählt die Geschichte von vier Freunden.

„Es waren einmal vier Wolken, die flogen gemeinsam über einem Tal. Sie hießen Cumulus, Stratus, Cirrus und Nimbus. Jeder von ihnen war zwar eine Wolke, aber alle stammten von einer anderen Familie ab.

NIMBUS

Cumulus kam aus einer Familie, in der es nur wattige, weiche und weiße Wolken gab. Er konnte alle möglichen Formen annehmen: Er wurde zum Schaf, zum Pilz, zum Flugzeug oder auch zum Delfin. Er war eine freundliche und gemütliche Wolke und flog gerne niedrig am Himmel, um die Menschen und Tiere zu beobachten. Vor allem Kinder sahen zu ihm hoch und liebten seine Kunststücke. Und wenn er sie gut genug hören konnte, dann nahm er alle Formen an, die sie ihm zuriefen.

Stratus war da nicht so einfach wie sein Freund Cumulus. Manchmal war er grau und tiefsinnig. Häufig ließ Stratus es nieseln an den Orten, über die er hinwegflog. Die Blumen und Bäume brauchten eben Wasser, das wusste er. Es war nicht gut, immer nur sonnig oder schattig zu sein. Stratus fand es wichtig, auch dem Traurigen seinen Platz zu lassen. Denn nachdem er geregnet hatte – da wussten die Blumen, Bäume und Menschen den Sonnenschein erst wieder richtig zu schätzen. Davon war er überzeugt.

Cirrus war ein luftiger Kandidat. Er war eine dürre Wolke – fadig und fein zog er sich am Himmel entlang. Von den vier Freunden flog er am höchsten. Er glitt mit seiner schmalen Form ganz leicht über Berge hinweg und er konnte so weit sehen wie keiner der anderen. Cirrus war ein kritischer Beobachter. Er sprach selten – aber wenn er sprach, dann war es häufig sehr klug.

Nimbus war der Schwierigste von ihnen. Tiefschwarz blitzte und donnerte er. Er war häufig gereizt und wütend. Menschen mochte Nimbus nicht. „Sie zerstören die Erde!", sagte er. „Sie machen die Natur kaputt!"

Auch wenn Nimbus damit ja nicht ganz unrecht hatte – es den Menschen mit Zorn und Gewittern heimzuzahlen war sicher auch nicht richtig. Nimbus zerstörte – genau wie ein Teil der Menschen.

„Wenn du es ihnen gleichtust, Nimbus, bist du nicht besser als sie", sagte Cirrus eines Tages zu seinem Freund.
„Ich warne dich, Cirrus, hör auf mich zu reizen", sagte Nimbus.
„Du wirst mir nichts tun, Nimbus. Wie willst du mich denn hier oben erreichen? Du bist so voller Wutteilchen und viel zu schwer, um aufzusteigen."

Nimbus donnerte und grollte. So sehr, dass Cumulus, der mit ihm auf derselben Höhe flog, erschrak und sich zusammenzog. Kurz sah er aus wie ein Springstock.

Und als Cumulus sich ein wenig weiter oben wieder ausdehnte, konnte er sehen, was Stratus immer sah: Die Welt war nicht nur schön und sonnig. Sie war vielschichtig! Er sah, wie zerbrechlich die Welt von hier aus aussah.

Da seufzte Cumulus und fing leise an zu nieseln.
„Du irrst dich, Nimbus", rief Cumulus seinem Freund zu. „Die Welt ist voller Menschen. Die einen sehen nur sich selbst und kümmern sich nicht um die Natur, ja, das stimmt. Aber so viele von ihnen gießen, säen, pflanzen an und ernten. Die Vielfalt, die so entsteht, die ist ganz wunderbar!", rief Cumulus.

Nimbus donnerte. Wie konnten seine Freunde nur gegen ihn sein? Er wollte doch nur, dass die Natur – und damit auch die Wolken – ein friedliches Leben führen konnten. Eine Welt ohne Menschen, da war er sich sicher, wäre so ein Ort.

Nimbus warf Blitze in alle Richtungen. Sie zuckten so weit, dass Stratus und Cumulus keine Wahl hatten. Mit großer Anstrengung ließen sie alle Luft aus sich heraus und wurden ganz klein – so, als ob sie ewig ausatmen würden. Und nach ein paar Momenten war es dann, als würden sie ganz tief einatmen und sich schließlich nach oben in alle Richtungen verteilen.

Jetzt gab es nicht mehr nur einen Cirrus – sondern gleich drei. Cirrus, Cirrostratus und Cirrocumulus. Von oben hatten alle drei denselben Weitblick. Der zeigte die Welt, wie sie wirklich war: riesig mit vielen Dingen, die man entdecken konnte. Kleine Straßen und große Flüsse, tiefe Täler, hohe Berge und auch das Meer!

Die drei schwiegen, denn sie hatten keine Zeit mehr zu sprechen. Zu viel gab es, das sie sehen und entdecken wollten. Die Erde wirkte von hier oben wie ein riesiges Wimmelbild, auf dem man in jeder Ecke etwas spannendes entdecken konnte. Und als sie einen Moment Pause machten, da rief Cirrostratus zu seinem Freund Nimbus hinunter:

Nimbus wurde pechschwarz und zog sich drohend zusammen. Es donnerte und blitzte so laut wie noch nie zuvor. Und als der Donner verhallt war – da dehnte sich die Schlechtwetterwolke aus und ein Teil von ihr stieg hoch. Als er auf der Zwischenebene ankam, war er immer noch sauer und fing sofort an zu regnen. Zu blitzen und zu donnern versuchte er auch – nur klappte das hier oben nicht so gut. Nimbus sah runter auf die Welt und konnte nun mehr sehen als das kleine Tal, über dem er jahrelang so dicht geflogen war. Er hatte es immer nur durch seine schwarzen Wutteilchen in kleinen Bruchstücken gesehen.

Jetzt sah er Bauern auf ihren Feldern, er sah Menschen, die an den Berghängen Weintrauben ernteten, und er sah Bäume, die ihre Blätter verloren, weil es so trocken war.

Aber auch blühende Rosengärten, die in allen Farben leuchteten. Nimbus nieselte vor sich hin – ihm war dieser neue Blick nicht ganz geheuer.

Die drei Freunde weiter oben steuerten auf einen der Berge zu, die das Tal umgaben.
Nimbus nieselte weiter vor sich hin, als die drei Freunde hinter der Spitze des Berges verschwanden.

Er könnte absteigen. Oder er könnte seinen Freunden folgen. Und als Nimbus daran dachte, wie langweilig es sein würde, immer allein zu blitzen und zu donnern – da ließ er los. Er atmete so tief ein, wie er konnte, und als er ausatmete, da war es, als würde er Gewicht verlieren und aufsteigen. Je höher er kam, desto schmaler wurde er. Und bald zog auch er sich wie ein schmaler Streif über den Gipfel des Berges hinweg.

So weit oben konnte auch der neueste Cirrus sehen, was die anderen ihm erzählt hatten: Die Welt ist ein Ort voller Wunder. Und viele davon werden von Menschen gemacht. So auch das Kraftwerk, das er nicht weit entfernt entdeckte und aus dem eine große Wolkensäule aufstieg.

Das Kraftwerk produzierte lauter neue Cumuluswolken. „Denen können wir noch einiges beibringen", sagte Cirrus der Erste. Und so zogen die vier Wolken weiter – um den jungen Cumuluswolken, die gerade erst geboren waren, den Himmel und die Erde zu erklären."

Frida sitzt die ganze Zeit mit offenem Mund da und lauscht Frau Watteberg. Nach der Geschichte kennt Frida schon einige Antworten auf ihre Fragen: Es stimmt, dass Wolken eine Familie haben. Und sie weiß jetzt, dass Wolken sie hören, wenn sie ihnen eine Wunschform zuruft.

„Papa, und Namen haben Wolken auch", flüstert Frida. Der lächelt seine Tochter an, legt seinen Arm um sie und drückt sie. Stolz ist er, dass Frida sich so sehr für etwas interessiert, dass sie aufmerksam zuhört.

„Überleg mal, Frida, was stand noch auf unserem Zettel?", fragt Papa.

Frida denkt kurz nach und fragt dann: „Das heißt, Regenwolken sind gar nicht immer traurig?"

„Das ist richtig, Frida, manchmal sind Regenwolken auch sauer und donnern und blitzen so wie Nimbus", antwortet Frau Watteberg.

„Schmecken Eiswolken nach Wassereis?", will ein anderes Kind wissen.

Frau Watteberg lacht: „Nein, ich glaube nicht. Ich weiß nicht, wonach Wolken schmecken. Habt ihr eine Idee?", fragt sie.

„NACH ZUCKERWATTE", ruft ein Kind. „NACH EISBONBONS", ein anderes.

„NACH PUDERZUCKER", ruft Frida.

Eine richtige Antwort gibt es nicht. Alle rufen noch eine Weile Ideen rein und dann ist es Zeit, nach Hause zu gehen. Frida winkt Frau Watteberg zum Abschied und Frau Watteberg zwinkert ihr zu.

Als sie die Wolkenfabrik verlassen, scheint die Sonne und ein paar Cumuluswolken sind am Himmel. „STEIG AUF, KLEINE WOLKE, LOS! FLIEG! FLIEG HÖHER", ruft Frida. Und als sie genau hinschaut, da kann sie sehen, wie eine Cumuluswolke sich zu einem dünnen Stock zusammenzieht und dann die Himmelsleiter hochklettert. Frida freut sich.
„So, Frida, jetzt fahren wir nach Hause und machen selbst Wolken", sagt Mama. „Wie das denn?", will Frida wissen.
„WIR MACHEN POPCORN", ruft Mama und Frida gluckst und klatscht in die Hände.

Popcorn ist höchstwahrscheinlich keine offizielle Wolkensorte – aber schmecken würden die kleinen Maiswölkchen sicher super!

"Ich glaube, Wolken entstehen immer dann,
wenn eine Rakete ins Weltall startet."

Moritz, 8 Jahre

"Wenn Autos durch die Gegend knattern,
dann kommen die Wolken aus dem Auspuff."

Till, 11 Jahre

Woher kommen die Wolken? Was glaubst du? Schreib mir an: frauwatteberg@gmail.com

DIE WOLKENFABRIK

1. Auflage 2021

TEXT: Stephanie Büscher
ILLUSTRATION: Anika Voigt
SATZ: Tino Pinkert
LEKTORAT: Inga Bertz
DRUCK: Druckerei Vogl
ISBN: 978-3-9823182-6-4

www.stephaniebuescher.com